Pour Lucy et Jonny – A.R.

Pour mes parents, Erich et Heide Haas – C.H.

Catalogage avant publication de Bibliothèque et Archives Canada

Ritchie, Alison
Fini les folies! Au lit! / Alison Ritchie;
illustrations de Cornelia Haas;
texte français d'Hélène Rioux.

Traduction de : It's time to sleep, you crazy sheep!.
Niveau d'intérêt selon l'âge : Pour enfants de 3 à 8 ans.
ISBN 978-0-545-99104-9

I. Haas, Cornelia II. Rioux, Hélène, 1949- III. Titre.

PZ24.3.R58Fi 2008   j823'.914   C2008-900708-5

Édition publiée par les Éditions Scholastic,
604, rue King Ouest, Toronto (Ontario) M5V 1E1,
avec la permission de Little Tiger Press.

5 4 3 2 1   Imprimé à Singapour   08 09 10 11 12

FINI LES FOLIES! AU LIT!

Alison Ritchie   Illustrations de Cornelia Haas

Texte français d'Hélène Rioux

Éditions
■SCHOLASTIC

Bien emmitouflée sous ses couvertures,

Pauline ferme les yeux, mais elle n'est pas fatiguée.

Elle décide de compter les moutons emballés

qui sautent par-dessus la clôture.

Mais les moutons sont très taquins.

Ils veulent s'amuser ce soir.

Ils chaussent en hâte leurs patins

et courent vers la patinoire.

Ils glissent et font des arabesques.

La brise ébouriffe leur toison.

Ils se prennent pour des champions,

mais ils tombent à la renverse!

Les voilà sur leurs motos.
Ils aiment filer dans le vent.

« **Attendez!** crie Pauline. Trop, c'est trop! »
Mais ils agitent la main en passant.

Ils sont désormais en haut de la falaise.
« Revenez! dit Pauline. Bande de casse-cou! »
Mais sans l'écouter, ils prennent leurs aises
et s'envolent dans le ciel, tout doux.

Maintenant ils veulent danser.
Regardez donc ces hurluberlus
virevolter sur la pointe des pieds
comme des ballerines en tutus!

Pauline gémit : « Ça suffit!
S'il vous plaît, laissez-moi vous compter! »
Mais ces gaillards dévalent sur leurs skis,
et zigzaguent entre les arbres sans s'arrêter.

BONG!

Quel spectacle! Ils caracolent...
et se transforment en acrobates.
Ils font mille cabrioles
dans un méli-mélo de pattes!

Sur le terrain de soccer,
ils jouent avec frénésie.
Encore un but! Un vrai bonheur!
Les verts ont gagné la partie!

« Calmez-vous! hurle Pauline. C'est assez! Je suis encore bien réveillée! »

Mais les moutons ont très chaud... et vers le lac se dirige le troupeau...

À la queue leu leu derrière le tremplin,
c'est à qui fera le plus beau plongeon.
Ils ont l'air malin dans leurs maillots de bain!
Mais Pauline peut enfin compter ses moutons!

Tout est calme, plus un bruit.
Les folies de la nuit sont bel et bien finies.
Couchée sur le côté, la tête sur l'oreiller,
Pauline dort à poings fermés!

Les moutons soupirent de soulagement.
« Nous avons réussi! Ouf, il était temps!
La nuit peut enfin commencer. Préparons nos bagages.
Notre avion nous attend, nous partons en voyage! »